AF305633

Paris — Imp. Ménard et Chaufour, C. Chaufour, Successeur
8-10. rue Milton, 8 10

16 Mars 1903   V

OBJETS DE VITRINE

Tableaux

MEUBLES, ARGENTERIE, BIJOUX

TAPISSERIES

Appartenant à Madame la Comtesse de W...

Mᵉ Raymond PUJOS
COMMISSAIRE-PRISEUR
29, rue de Maubeuge, 29

M. Ch. BELVAL
EXPERT
44, rue Lafayette, 44

CATALOGUE

DES

OBJETS DE VITRINE

Bonbonnières, miniatures, étuis,
Éventails, boîtes en or, émaux, porcelaines, bijoux

DESSINS — GOUACHES — PASTELS

de l'École française du XVIIIe siècle

TABLEAUX

PAR

Corot, Daubigny, Jules Dupré, Diaz, Pils

MEUBLES VARIÉS

Salons en tapisserie, vitrine de l'époque Louis XV, Commodes
Guéridons, liseuse, crédence de l'école de Fontainebleau, etc.

BRONZES, STATUETTES, PENDULES, FLAMBEAUX

ARGENTERIE — BIJOUX

Tapisseries anciennes

Appartenant à Madame la Comtesse de W.

dont la vente aura lieu

HOTEL DROUOT — SALLE N° 6

Le Lundi 16 Mars 1903, à 2 heures 1/4

Me Raymond **PUJOS**	M. CH. **BELVAL**
COMMISSAIRE-PRISEUR	EXPERT
29, rue de Maubeuge, 29	*44, rue Lafayette, 44*

EXPOSITIONS

PARTICULIÈRE: Galerie Belval, 26, r. Chauchat, du 12 au 15 Mars 1903
PUBLIQUE: Hotel Drouot, salle 6, le Dimanche 15 Mars 1903
DE 2 H. A 5 HEURES 1/2

Imprimerie Chaufour, 8-10, rue Milton, Paris

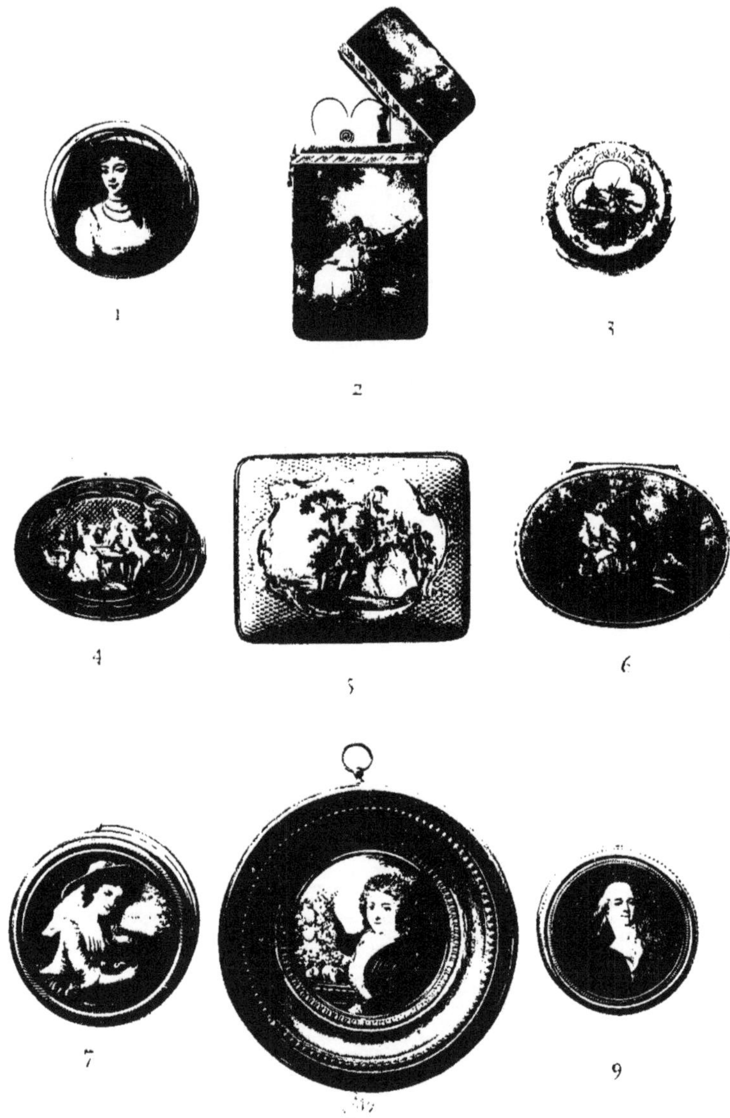

1
2
3
4
5
6
7
8
9

DÉSIGNATION

OBJETS DE VITRINE
BONBONNIÈRES, MINIATURES

1 — BONBONNIÈRE en écaille. Le couvercle orné
d'une miniature : portrait de jeune femme en
robe blanche et portant au cou un collier de perles à trois rangs.

2 — ETUI-NÉCESSAIRE à ouvrage de dame avec ses
accessoires complets, les deux faces décorées au
vernis de *Martin*, sujets champêtres.

3 — BOITE A POUDRE de forme ronde, ancienne
porcelaine de *Meisen* montée or, décorée de
sujets en couleurs, sur le couvercle, deux cava-
liers tartares.

4 — BONBONNIÈRE LOUIS XV en or ciselé. Le couvercle et les côtés ornés de scènes à personnages en costume du temps, émaux champ-levés.

5 — BONBONNIÈRE LOUIS XV en porcelaine de Saxe, décor blanc et bleu, monture or ; dans les réserves sur les côtés et le couvercle, scènes à petits personnages en costumes du temps.

A l'intérieur du couvercle le portrait d'une femme en costume de cour.

6 — TABATIÈRE de forme ovale en écaille montée d'or, le couvercle et les côtés décorés au vernis de *Martin*, présentant des scènes pastorales, d'après *Boucher*.

7 — BONBONNIÈRE écaille et vernis de *Martin* galonnés d'or.

Le couvercle ornée d'une miniature : portrait de jeune fille coiffée d'un chapeau bergère et tenant une corbeille de fruits, fond de paysage.

Ecole française. Epoque xviiiᵉ siècle.

8 — MINIATURE sur ivoire : portrait de jeune fille, tenant un bouquet, elle est appuyée près d'une console où sont placés des fleurs et des fruits.

Epoque xviiiᵉ siècle.
Cadre bois sculpté.

9 — BONBONNIÈRE poudre d'écaille teintée et galonnée d'or ciselé. Le couvercle orné d'un très beau portrait d'homme en habit à la française.

Signé à droite, *Bonnelle* et daté 1797.

10 — Tabatière en porcelaine tendre de *Mennecy-Villeroy*, monture argent présentant un groupe de chiens.

11 — Bonbonnière en écaille doublé en or, couvercle orné d'un portrait de femme de l'époque Ier Empire.

Signé à gauche : *de Laure*.

12 — Grande bonbonnière montée en or ciselé et décorée au vernis de *Martin*. Le couvercle orné d'une scène de cabaret en plein vent, des gardes françaises sont attablées, l'un d'eux danse avec une joyeuse commère.

Au pourtour scènes diverses des jeux de l'enfance.

Le fond également décoré d'un sujet présentant une maison à pignon du temps de Louis XV.

Epoque xviiie siècle.

13 — Trois portraits de la famille royale : Louis XVI, Marie-Antoinette et le Dauphin, miniature sur ivoire.

Cadre en bois sculpté.

14 — Bonbonnière ronde en ivoire fileté d'écaille, cerclé d'or, le couvercle orné d'une miniature, portrait de jeune fille couronnée d'une guirlande de roses et tenant une corbeille de fruits.

Ecole française. Epoque xviiie siècle.

15 — PORTRAIT de femme en costume de l'époque 1820.

> Signé à droite et daté.
> (Cadre en bronze). Epoque 1ᵉʳ Empire.

16 — PORTRAIT de femme en robe rouge, costume
de l'époque 1820.

> Signé à droite, *Fourcade*, daté 1823.

17 — BONBONNIÈRE écaille. Le couvercle ornée
d'une très belle miniature présentant trois portraits de jeunes filles.

> Ecole anglaise. Epoque xviiiᵉ siècle.

18 — BONBONNIÈRE écaille à double galons d'or. Ce
couvercle orné d'un portrait de jeune femme en
décolleté, coiffure Louis XV à rubans.

19 — BONBONNIÈRE en écaille piquée d'or et d'acier.
Le couvercle orné d'une miniature sur ivoire.
Portrait de Mademoiselle Raucourt de la Comé-
die-Française en Cerès.

> Epoque Directoire.

20 — BOITE A POUDRE en ancienne porcelaine de
Meisen montée or, décor de personnages, sujets
maritimes.

21 — TABATIÈRE en écaille gravée montée or, ornée
d'une plaquette en ancienne porcelaine de Saxe.

22 — BOITE A MIROIR en ancienne laque rouge de
Canton piquée d'or.

23 — Bonbonnière ornée sur le couvercle d'un portrait de femme en costume Henri II. D'après le tableau de Mme *Vigée-Lebrun*.

Signée à gauche : *Ducreux*. Daté 1797.

24 — Portrait d'une femme de l'époque du Directoire ; elle est assise et tient sur ses genoux un jeune chien.

Monté sur une boîte en écaille.

25 — Bonbonnière en ivoire, le couvercle orné d'une miniature : portrait de femme en costume du temps de Louis XVI, devant une table et lisant, fond de jardin.

Epoque xviiie siècle.

26 — Bonbonnière en écaille blonde, le couvercle orné d'un très beau portrait de femme en costume du temps de l'Empire, fond de paysage, lac et montagnes.

Epoque xviiie siècle.

27 — Bonbonnière en écaille, avec un portrait de jeune fille en costume Louis XVI ; sujet allégorique à l'Amour : deux colombes sur un socle où sont placés deux cœurs percés d'une flèche.

Epoque xviiie siècle.

28 — Médaillon de cou en argent, entourage en strass, avec très bel émail ancien sur fond rose.

Epoque Louis XVI.

29 — TABATIÈRE de forme trilobée, couvercle en agate, les côtés décorés de scènes à petits personnages sur émail.

> Travail anglais. xviiie siècle.

30 — MÉDAILLON en or dit souvenir d'amitié, à double face, l'un des côtés orné d'une miniature sur ivoire.

> Ecole française. xviiie siècle.

31 — PORTRAIT présumé de Hoche, miniature sur ivoire.

> Cadre ébène et bronze.
> Epoque Empire.

32 — TABATIÈRE bois travaillé, présentant trois personnages allégoriques.

> Epoque Louis XIV.

33 — ETUI Louis XVI en émail bleu et noir à décor de palmettes sur fond or.

34 — BAGUETTE de fileuse avec poignée en buis sculpté de nombreux personnages, broche argent.

> Allemagne. xviiie siècle.

35 — PETIT GROUPE en ivoire, présentant une Vierge assise tenant l'Enfant Jésus sur ses genoux.

> Travail portugais. xviie siècle.

36 — COFFRET en écaille rouge, les coins ornés d'émaux à fleurs dans le style de Limoges.

> Epoque Louis XIII.

37 — Montre de dame en or ciselé et émaillé, entourage jargons; au centre du boîtier, un émail : portrait de femme.

> Epoque Louis XV.

38 — Montre de dame en or ciselé et émaillé; au centre du boîtier, un émail : portrait de femme.

> Epoque Louis XV.

39 — Miniature : portrait de jeune femme dans un parc, en bonnet de dentelle et costume du temps de Louis XVI.

> Signé à droite : *A. Dubourg*, f^t. An II.
> Cadre médaillon bronze doré.

40 — Portrait de jeune femme dans un parc, en corsage bleu décolleté : elle est accoudée sur un banc de gazon et tient dans la main droite une rose.

> Epoque Louis XVI.
> Signé à gauche : *Bourgoin*.

41 — Portrait de jeune fille costumée en bergère Watteau.

> Belle miniature de l'époque du xviiie siècle.
> Signée à gauche : *F. Ducreux*.

42 — Médaillon ovale renfermant une miniature : portrait de femme en cheveux poudrés.

> Epoque Louis XV.
> Ecole française.

43 — EVENTAIL à feuille pailletée ornée d'une gouache.

Époque Louis XVI.

44 — EVENTAIL Louis XV, feuille ornée des deux côtés, à la gouache, monture ivoire repercé et décoré.

45 — TABATIÈRE Louis XV, en pierre dure gravée, monture argent.

46 — ETUI EN IVOIRE de Dieppe orné d'attributs Louis XVI, amours, trophées et guirlandes.

Époque xviii° siècle.

47 — POCHETTE en cuir verni décoré à clous d'acier.

Époque Directoire

48 — FLACON A PARFUM en porcelaine décorée. Sujet italien et devise, bouchon argent.

49 — CHATELAINE Louis XVI, à trois pendeloques en marcassites et argent.

50 — CROIX PECTORALE de l'époque de la Renaissance en argent ciselé ornée de pierres fines.

PORCELAINES

51 — Boite a thé de forme carrée décorée sur les faces, d'oiseaux et de fleurs, décor Chantilly.

52 — Coupe en ancienne porcelaine de Chine de la famille verte, monture bronze doré au mercure.

53 — Deux Gargoulettes céladon craquelé de la Chine, monture bronze.

54 — Deux Cornets ancienne porcelaine du Japon polychrome, avec fleurs en reliefs, monture bronze.

55 — Groupe de deux personnages en costume Louis XV, ancienne porcelaine blanche *Berlin*.

56 — Deux Statuettes, marquis et marquise en porcelaine de Louisbourg.

57 — Boite a thé, ancienne porcelaine des Indes, bouchon argent, décor fleuri.

58 — Boite a fruits en porcelaine décorée de sujets Louis XV, décor de Saxe.

59-60 — Deux Cornets en verre incolore, pied rond à balustre et collet.

Venise, xvi⁰ siècle.

61 — Deux Coupes à fruits en verre décoré à
l'or.

Venise, xvii° siècle.

62 — Coupe a fruit forme bassin avec anse à tor-
sade, verre légèrement fumé.

Italie, xvi° siècle.

63 — Flacon carré en verre, gravé de margueri-
tes.

Venise, xvii° sicèle.

64 — Tasse et soucoupe en ancienne porcelaine
de Sèvres. Décor ruban bleu.

Sèvres, 1754.

65 — Statuette en biscuit de Tournai : Jeune gar-
çon jardinier.

66 — Jardinière de forme carrée en ancienne porcelaine de Sèvres, décoré en pointillé et de fleurs
la bordure fond bleu sur laquelle se détache une
guirlande de lauriers à l'or. Décor de *Constant*.

Époque xviii° siècle.

67 — Statuette allégorie de l'amour, ancienne
porcelaine de Saxe.

Sur le socle la devise : Je les accouple.

68 — Statuette de femme tenant un perroquet,
porcelaine de *Ludwigsbourg*.

69 — **Deux statuettes** enfants, allégories à la peinture et à la musique ancienne porcelaine de Saxe.

70 — **Deux vases** forme Louis XVI, cols et couvercles côtelés décorés à l'or, sur la panse d'un côté des attributs et bouquets fleuris, de l'autre des sujets champêtres. Décor Chantilly.

> Porcelaine tendre.
> Haut. : 0^{m}40.

71 — **Paire de potiches** à fleurs, à panse côtelée ornées sur le pourtour d'oiseaux et de feuillages. Décor de *Chelsea*.

> Porcelaine tendre.
> (Une anse restaurée).

72 — **Deux petites jardinières** carrées en porcelaine dure. Décor Sèvres fleuri.

73 — **Plaquette en faience polychrome** forme d'encadrement d'un miroir du style de la Renaissance présentant à droite et à gauche deux faunes formant cariatides, au bas un mascaron fait d'une tête de faune.

Au fronton deux figurines de bacchantes adossées à un écusson.

> Copie ancienne d'une faïence d'*Oyron*.

74 — **Deux salières doubles** en porcelaine tendre décor vannerie et amours.

75 — DEUX STATUETTES, jeunes enfants en porcelaine blanche de Berlin.

76 — PETIT VASE en porcelaine bleu truité de Chine monture bronze.

77 — STATUETTE de jeune berger en biscuit de Tournai.

78 — GROUPE à quatre personnages et divinités en porcelaine tendre. Décor chinois.

79 — STATUETTE figurine mythologique en bois sculpté.

xviiᵉ siècle.

80 — STATUETTE figurine mythologique, femme drapée, *buis* sculpté.

xviiᵉ siècle.

81 — TASSE ET SOUCOUPE dite trembleuse en porcelaine à décor polychrome de personnages Louis XV. Saxe.

82 — TASSE ET SOUCOUPE porcelaine tendre de Sèvres, décor à bouquets et médaillon en grisaille.

Décor de Sinson. Sèvres.

83 — STATUETTE DE FEMME en costume Directoire, porcelaine tendre de Venise.

84 — DEUX STATUETTES enfants en porcelaine blanche de Berlin.

85 — SERVICE TÊTE A TÊTE en ancienne porcelaine de Sèvres, décor bleu et or.

Époque Directoire.

BRONZES

86 — STATUETTES, PENDULES. FLAMBEAUX.

87 — PENDULE en marbre blanc et noir à deux colonnettes ornée de bronzes ciselé et doré.

Époque Louis XVI.

88 — DEUX FLAMBEAUX bouts de table à deux lumières, bronze ciselé et argenté.

Époque Louis XVI.

89 — DEUX FLAMBEAUX futs Louis XVI en plaqué argent.

Epoque XVIII° siècle.

90 — DEUX STATUETTES. allégories des saisons. en bronze à patine brune sur des terrasses en bronze.

Époque de la Régence.

91 — PENDULE Louis XVI en forme de pyramide reposant sur quatre lions couchés, les faces en bronze ciselé et doré décorées d'attributs du temps.

92 — GARNITURE DE CHEMINÉE composée d'une pendule et de deux girandoles marbre blanc et bronze doré style Louis XVI, décor d'amours et d'attributs.

93 — STATUETTE de dragon en bronze à patine brune sur une terrasse en bois de fer, bronze chinois ancien.

94 — PETITE COUPE en bronze ciselé, les anses dorées, socle en marbre griotte rouge.

Époque Empire.

95 — CARTEL-APPLIQUE Louis XVI en bronze ciselé et doré, daté sur le pilastre et deux appliques à deux lumières de même époque.

96 — GRAND BRULE-PARFUMS en porcelaine bleue fouettée de Chine rehaussé d'or, monture Louis XVI en bronze ciselé et doré.

97 — PAIRE DE PETITS FLAMBEAUX ancienne dinanderie française.

xvie siècle.

98 — LUSTRE en dinanderie française.

Époque xviie siècle.

99 — FLAMBEAUX variés des époques Louis XV et Louis XVI.

A diviser.

TABLEAUX

100 — *Première and second Wew environs of Roma.*
Deux belles estampes gravées en couleurs d'après PERNET.

De la collection de KARL ROCHE.

LOUIS MOREAU

101 — *L'entrée du port.*

Petite gouache animée de nombreux personnages.

PILLEMENT

102 — *Paysage.*
Dans un site de montagnes, un lac, sur des rochers à gauche, des bergers et leurs troupeaux.

Peint à la gouache.

103 — *Paysage.*
L'orage monte à l'horizon, des paysans rentrent leur troupeau.

Pendant du précédent.

DIAZ (N.)

104 — *Tableau de genre.*
Bukingham et Anne d'Autriche. Les deux personnages historiques semblent entretenir d'aimables propos.

COROT (C.)

105 — *Le Moulin à eau.*

Dans un bouquet d'arbres et de peupliers à droite le moulin se reflète dans le ruisseau.

Signé à droite Corot.

LE ROY

106 — *Garde Française au cabaret.*

DUPRÉ (Ecole de 1830, Jules)

107 — *Paysage au coucher du soleil.*

Dans un bouquet d'arbres un moulin à vent, à droite un berger rentrant ses moutons.

Signé en bas à droite.

DAUBIGNY

108 — *Un jardin à Auvers-sur-Oise.*

Petit paysage par temps gris.

Signé en bas à droite.

PILS

109 — *Scène Vénitienne.*

Plusieurs personnages dans une gondole, au loin on aperçoit le campanile de Santa Maria de la Salute.

ECOLE ESAGNOLE XVIIe SIÈCLE

110 — *Sujet religieux.*

La Vierge allaitant l'Enfant.

ÉCOLE ANGLAISE

111 — *Portrait de femme.*
En costume du xviiie siècle, les cheveux poudrés.

P. BRIL (Attribué à)

112 — *Les Chasseurs.*
Paysage avec des petits personnages peint à la
gouache.

LANCRET (Attribué à)

113 — *Tête de jeune berger.*
Dessin à la pierre d'Italie.

MOREAU (Ecole de Louis)

114 — *Deux Gouaches.*
Formant pendant et présentant des paysages
de montagnes avec personnages.

ROUSSEAU (Ph.)

115 — *Les Hirondelles.*
Pastel.

ANASTASI

116 — *Vue de Dordrecht.*
Aquarelle.

ÉCOLE FRANÇAISE XVIIIe SIÈCLE

117 — *Tête de jeune fille.*
Très charmant pastel ancien de l'école de *Boucher.*

118 — *Pastel.*

Portrait de femme en costume du temps de Louis XV, garni de fourrures et tenant un manchon.

Cadre ancien bois sculpté.

SCHALL

119 — *Scène pastorale.*

Deux jeunes enfants se tiennent par la main, dans un jardin où ils conduisent un mouton.

ÉCOLE FRANÇAISE XVIIIe SIÈCLE

120 — *Les galants bergers.*

Gouache ancienne sur vélin présentant de nombreux personnages dans un paysage.

ARGENTERIE, BIJOUX

121 — SERVICE A CAFÉ style Louis XV, quatre pièces à décor côtelé en argent massif ciselé et repoussé.

122 — SERVICE TÊTE A TÊTE en *vermeil.* Style Empire.

123 — DEUX LÉGUMIERS en argent massif. Style Louis XV, décor à côtes torses.

124 — COMMÈRE de l'époque Louis XV en plaqué, avec armoiries.

125 — Deux flambeaux bouts de table en bronze argenté. Epoque Louis XVI.

126 — Aiguière et bassin en argent massif ciselé et repoussé.

2 kil. 610 gr.

127 — Boutons d'oreille, deux brillants montés en brisures.

128 — Boutons d'oreilles, perles montées à vis.

129 — Bague brillant.

130 — Bague brillant et saphir.

131 — Bague marquise brillant.

132 — Broche brillants.

133 — Bijoux variés.

MEUBLES, TAPISSERIES

134 — Meuble de salon, canapé et siège bois sculpté et doré style Louis XVI, garni en tapisserie d'*Aubusson*, décor à personnages et animaux.

135 — Vitrine en bois de violette ornée de bronzes ciselés et dorés. Epoque Louis XV.

Très beau meuble attribué à Delaporte et No-
garet, de Lyon.

Haut. : 2ᵐ3o ; larg. : 1ᵐ3o ; profond. : 0ᵐ35.

136 — Commode en marqueterie de bois de couleurs
variés ornée de bronze, dans le style de *Caffieri*.

137 — Crédence à deux corps en noyer sculpté de
nombreux panneaux de style de la Renaissance,
fronton à figurines, incrustations de marbres.

Copie d'un meuble de Fontainebleau.

138 — Meuble d'entre-deux en acajou orné de
bronzes, style Louis XVI, coins évidés avec
tablette-support à glace.

139 — Table en marqueterie de bois de rose avec
entourage ceinture orné de bronzes. Style du
xviiiᵉ siècle.

140 — Belle commode Louis XVI à deux tiroirs,
ornements en bronze ciselé.

Copie du musée de Genève.

141 — Petite table à ouvrage en marqueterie, dessus marbre blanc, entourage à galerie. Epoque
Louis XVI.

142 — Petite table jouet à trois tiroirs en marqueterie de bois de couleurs. Epoque Louis XVI.

143 — Guéridon forme rognon acajou et cuivres.
Style Louis XVI.

144 — CONSOLE Louis XVI en bois doré, attributs et guirlandes, dessus marbre blanc.

145 — TRUMEAU avec glace en bois doré Louis XVI, glace surmontée d'une peinture représentant des bergers. Genre de *Boilly*.

146 — DEUX TABOURETS bois de fer, table marbre, travail Indo-Chinois.

147 — BUREAU de dame. Marqueterie hollandaise.

148 — CHIFFONNIER-SECRÉTAIRE en marqueterie de bois clair, abattant décoré en bois teinté, ornements en bronze. Style Louis XV.

149 — MEUBLES DIVERS non catalogués.

150 — TAPISSERIE verdure.

151 — TAPISSERIE sujet à personnages présentant une scène de bataille.

152 — TAPISSERIE verdure, paysage et oiseaux.

153 — OBJETS OMIS.

Vous êtes prié d'honorer de votre présence l'Exposition Particulière d'Objets de vitrine, Bronzes, Statuettes, Argenterie, Bijoux, Tapisseries anciennes, Tableaux et Objets divers qui aura lieu à la Galerie Belval, 26, Rue Chauchat, du 12 au 15 Mars, et dont la Vente se fera

HOTEL DROUOT, SALLE N° 6

Le Lundi 16 Mars 1903, à 2 h. 1/4

Me Raymond **PUJOS**	**M. CH. BELVAL**
COMMISSAIRE-PRISEUR	EXPERT
29, Rue de Maubeuge, 29	*44, Rue La Fayette, 44*

INVITATION PARTICULIÉRE

www.ingramcontent.com/pod-product-compliance
Ingram Content Group UK Ltd.
Pitfield, Milton Keynes, MK11 3LW, UK
UKHW031718170726
13836UKWH00001B/322